Queridos amigos y amigas
roedores, bienvenidos
al mundo de

#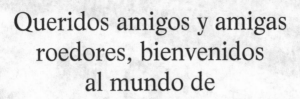
TENEBROSA TENEBRAX

Tenebrosa Tenebrax

Nosferatu

Abuelo Ratonquenstein

Bobo Shakespeare

Científico despistado, experto en momias egipcias.

Periodista del Valle Misterioso, resuelve misterios con Nosferatu, su inseparable murciélago doméstico.

Escritor famoso, amigo de Tenebrosa Tenebrax.

Escalofriosa

Abuela Cripta

Ñic y Ñac

Kafka

Sobrina preferida de Tenebrosa.

Apasionada de las arañas, posee una tarántula gigante llamada Dolores.

Gemelos latosos, expertos en informática.

Cucaracha doméstica de la Familia Tenebrax.

Poldo

Mayordomo

Bebé

Adoptado con
amor por la Familia
Tenebrax.

Fantasma que
mora en el Castillo
de la Calavera.

Mayordomo de la
Familia Tenebrax. Esnob
de los pies hasta la punta
de los bigotes.

Señor Giuseppe

Entierratón

**Madam
Latumb**

Ama de llaves
de la familia.
En su moño cardado
anida el canario
licántropo.

Lánguida

Cocinero del Castillo
de la Calavera, sueña
con patentar el
«Estofado del señor
Giuseppe».

Papá de Tenebrosa, dirige la
empresa de pompas fúnebres
«Entierros Ratónicos».

Planta carnívora
de guardia.

Geronimo Stilton

¡SALVEMOS AL VAMPIRO!

DESTINO

Textos de Geronimo Stilton
Inspirado en una idea original de Elisabetta Dami
Cubierta de Giuseppe Ferrario *(lápiz y tinta china)* y Giulia Zaffaroni *(color)*
Ilustraciones interiores de Ivan Bigarella *(lápiz y tinta china)*
y Daria Cerchi *(color)*
Mapa: Archivo Piemme
Diseño gráfico de Yuko Egusa

Título original: *Un vampiro da salvare!*
© de la traducción: Helena Aguilà, 2012

Destino Infantil & Juvenil
infoinfantilyjuvenil@planeta.es
www.planetadelibrosinfantilyjuvenil.com
www.planetadelibros.com
Editado por Editorial Planeta, S. A.

© 2011 - Edizioni Piemme S.p.A., Corso Como 15, 20154 Milán – Italia
www.geronimostilton.com
© 2013 de la edición en lengua española: Editorial Planeta, S. A.
Avda. Diagonal, 662-664, 08034 Barcelona
Derechos internacionales © Atlantyca S.p.A., Via Leopardi 8, 20123 Milán – Italia
foreignrights@atlantyca.it / www.atlantyca.com

Primera edición: febrero de 2013
ISBN: 978-84-08-03712-5
Depósito legal: B. 81-2013
Impresión y encuadernación: Unigraf, S. L.
Impreso en España - Printed in Spain

El papel utilizado para la impresión de este libro es cien por cien libre de cloro y está calificado como **papel ecológico**.

UN E-MAIL...
¡TENEBROSO!

Después de un frenético día de trabajo, volví a casa con una sola idea en la cabeza: disfrutar de una velada TRANQUILA, tumbado en mi sillón favorito.

No es que pensara estar de brazos cruzados, me había llevado del despacho un artículo para trabajar en él, pero quería hacerlo con cierta CALMA, sin oír teléfonos, ni portazos, ni a colegas compitiendo por ver quien GRITA más.

Disculpad, aún no me he presentado. Mi nombre es Stilton, *Geronimo Stilton*, y dirijo *El Eco del Roedor*, el periódico más famoso de la Isla de los Ratones.

Me senté en el sillón con el ordenador portátil sobre las patas y, mientras saboreaba una humeante infusión de queso a las finas hierbas, abrí el archivo **MARAVILLAS DE RATONIA**.

Aunque era tarde y estaba cansado, deseaba escribir un buen artículo, porque ¡me encanta mi ciudad!

Empecé a mirar las **FOTOGRAFÍAS** de los paisajes y monumentos que hacen de Ratonia un lugar FANTÁSTICO donde vivir.

¡Qué ciudad tan maravillosa!

El puerto, el ayuntamiento, la estatua de la Libertad, la plaza de la Piedra Cantarina… Las fotos las había TOMADO mi hermana Tea, que trabaja conmigo como enviada especial en *El Eco del Roedor*.

Un repentino bostezo me anunció que me estaba entrando sueño.

Miré el **RELOJ** de pared: ¡marcaba las 23.15 horas!

—¡Es hora de acostarse! —exclamé, **ESTIRÁNDOME**.

Me puse tranquilamente el pijama y, cuando estaba a punto de apagar el ordenador, recordé que debía echarle un último vistazo al correo **ELEC-TRÓNICO**.

Entonces, me conecté a internet, entré en mi cuenta de correo, tecleé mi contraseña y accedí a mi bandeja de entrada. Tenía un mensaje nuevo.

Al ver que era de mi amiga Tenebrosa Tenebrax, me sobresalté. Ella, a diferencia de mí, ¡no tiene nada de **TRANQUILA**!

El asunto del e-mail decía:

«Para Gero. Hay que publicarlo ya.»

Tenebrosa me enviaba un adjunto con su última novela. Tenéis que saber que mi amiga vive en el **VALLE MISTERIOSO** y su especialidad son las historias de fantasmas, momias, hombres lobo, monstruos y monstruitos. Resumiendo, sus relatos siempre son muy, pero que muy… **¡ESCALOFRIANTES!**

Por ese motivo, antes de empezar a leer, los bigotes ya me temblaban de miedo. Pero pudo más la curiosidad y abrí el **ARCHIVO** con muchísima impaciencia. Me pasé la noche leyéndolo una y otra vez, hasta las primeras luces del alba.

—Qué historia tan **rara** —susurré, incapaz de moverme.

Llamaron a la puerta y, finalmente, me levanté del sillón.

Muy aturdido por la noche que había pasado en **VELA**, recorrí el pasillo tambaleándome y fui a abrir.

—Buenos días, tío, ¿aún no estás listo?

Era **Benjamín**, mi adorado sobrinito, con su amiga **Pandora**. ¡Les había prometido desayunar con ellos!

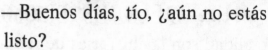

—*¡Por mil quesos de bola!* ¡Qué tarde es! Esperad un momento —farfullé y, **APURADO**, corrí a mi habitación a vestirme.

Cuando volví, Benjamín y Pandora estaban enfrascados en la lectura del relato de Tenebrosa. Lo leyeron de un tirón y al terminar gritaron entusiasmados:

—¡Es una historia rara, pero... muy emocionante!

Yo aún estaba algo perplejo.

12

¡Es una historia rara...

... pero muy buena!

¿Tú crees?

—¿Estáis seguros? —pregunté, anudándome la CORBATA.

—¡Segurísimos! —contestó Pandora.

—Tío Geronimo —añadió Benjamín—, ¡tienes que publicarla EN SEGUIDA!

Decidí seguir su consejo y... ¡he aquí el nuevo y superratónico libro de Tenebrosa Tenebrax! Se titula ¡SALVEMOS AL VAMPIRO! Espero que os guste tanto como nos gustó a Benjamín, a Pandora y a mí.

A propósito… luego, los tres salimos a **DE-SAYUNAR**.

—¿Qué van a tomar? —nos preguntó amable-
mente el camarero.

Y nosotros, sin dudarlo un instante, nos mi-
ramos a los ojos y respondimos al unísono:

—Un… ¡zumo de tomate!

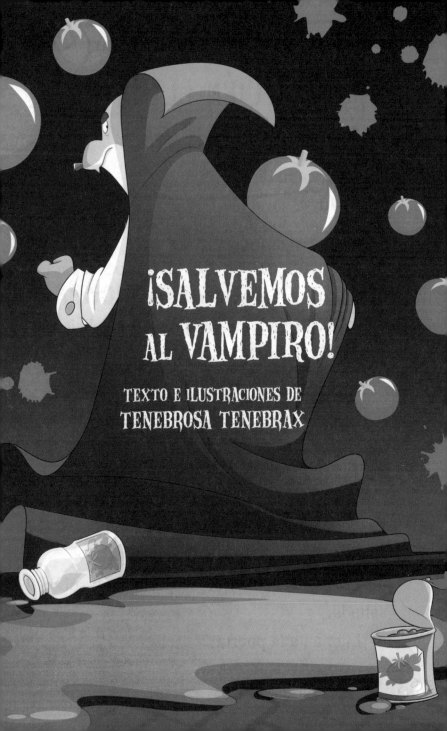

¡SALVEMOS AL VAMPIRO!

TEXTO E ILUSTRACIONES DE
TENEBROSA TENEBRAX

¿QUIÉN LLAMA A ESTAS HORAS?

Acababan de dar las doce de la noche. En el Castillo de la Calavera todos **RONCABAN** tranquilos en sus camas, presos de deliciosas pesadillas, cuando…

DONG DONG DONG DONG DONG

El lúgubre tañido de unas campanadas a muerto rompió el silencio sepulcral que reinaba en las **OSCURAS** estancias del castillo.

Tenebrosa Tenebrax se despertó muy sobresaltada:

—¡Llaman a la puerta!

Nosferatu, que COLGABA cabeza abajo del dosel de la cama, abrió un OJO, pero lo cerró en seguida, molesto.

—¡Lo habrás soñado! —exclamó enfadado—. ¿Quién va a venir a estas horas…?

DONG DONG DONG DONG DONG

Esta vez, Tenebrosa saltó de la cama, se puso la bata de seda violeta y salió corriendo del dormitorio.

¿Quién será a estas horas?

En el pasillo casi tropezó con su sobrina Escalofriosa que también se había despertado.

—¿Quién será, tía? —preguntó la chica, bostezando.

DONG DONG DONG

—¡Pues no lo sé Escalofriosa, pero es más insistente que un MOSQUITO hambriento! —se impacientó Tenebrosa y corrió escaleras abajo.

En la entrada ya estaba reunida la Familia Tenebrax al completo, la familia más rara del rarísimo Valle Misterioso. Solamente faltaba el Abuelo Ratonquenstein que, cuando se despertaba en plena noche, se encerraba en su LABORATORIO subterráneo, donde se inspiraba para sus extravagantes inventos.

—A estas horas, no puede ser una **VISITA** —dijo muy convencido Entierratón, el padre de Tenebrosa, en pijama y con gorro de dormir.

—En realidad, es una hora muy inoportuna para hacer una visita de cortesía —comentó Mayordomo que, misteriosamente vestía su UNIFORME habitual, impecablemente planchado y almidonado, en vez de un pijama ARRUGADO, como los demás.

Al final, Tenebrosa abrió la PUERTA y, por un instante, todos contuvieron el aliento.

La débil luz de las velas iluminó una esbelta y delgada silueta.

Capa negra con un gran cuello, camisa blanca, colmillos afilados… No cabía duda: ¡era un **VAMPIRO**!

Pero tenía tal expresión de desconsuelo en la cara, que los Tenebrax de inmediato sintieron que los bigotes les zumbaban de simpatía. Tenebrosa se hizo a un lado e invitó al vampiro a entrar:

—Por favor, pase.

—Perdón, no quisiera molestar —farfulló el invitado tímidamente—. Busco a… ejem… ¿el profesor Ratonquenstein vive aquí?

—Así es —respondió Tenebrosa. Luego le dijo a Escalofriosa—: Ve **CORRIENDO** a llamarlo. Seguro que está en su Lugar para Pensar.*

La Familia Tenebrax esperó en **silencio** a que llegara el Abuelo Ratonquenstein. A los pocos minutos, su voz retumbó en el tétrico castillo:

—Espero que me hayáis molestado por un buen motivo. ¡Estaba terminando un destilado de ALIENTO DE MOMIA!

Al ver al recién llegado se detuvo, quedándose **INMÓVIL**, como el moho de un queso centenario.

Luego corrió a su encuentro y lo ABRAZÓ.

—¡Por mil cadáveres en formol! ¡No me lo puedo creer! ¡Eres tú!

¡Qué alegría volver a verte!

¡Eres tú!

S.O.S.
VAMPIRO

El Abuelo Ratonquenstein abrazó fuertemente al vampiro por enésima vez. Luego se dirigió a sus familiares:

—Os presento a **Camilo Sangredulce**, un gran experto en zumo de tomate y un viejo amigo. ¡¡¡Menudas **CORRERÍAS** hemos vivido juntos!!!

El vampiro lo miró con ojos muy **TRISTES** y el Abuelo Ratonquenstein lo observó de la *punta* del cuello a la *punta* de sus zapatos en *punta*.

—Veo que no tienes tu agradable cara de **FUNERAL**, ni ese color espectral que te sienta tan bien… ¿Qué te ocurre?

CAMILO SANGREDULCE

DATOS PERSONALES DEL VAMPIRO C. SANGREDULCE

NOMBRE: Camilo.

APELLIDO: Sangredulce.

DIRECCIÓN: Castillo del Colmillo, en la localidad de Precipicio, al pie del Pico Vampiro.

PROFESIÓN: **V.E.Z.T.** (Vampiro Especialista en Zumo de Tomate).

CARACTERÍSTICAS: tez pálida y dientes afilados.

RASGOS PECULIARES: de noche está despierto y de día duerme en un ataúd que perteneció al conde Vlad Rátula.

UNIFORME OFICIAL: frac, camisa blanca, capa de terciopelo negro con el forro interior escarlata, con cuello alto y amplio, almidonado. Zapatos de charol puntiagudos. Tiene un aspecto refinado, original, sobrio y de estilo exquisitamente clásico.

PARTICULARIDADES: fue compañero de aventuras del Abuelo Ratonquenstein en su lejana juventud.

NOTA: al igual que todos los vampiros, no soporta el ajo.

Camilo, con los ojos húmedos, empezó a hablar:

—¿Recuerdas mi morada, el Castillo del Colmillo?

—¡Pues claro! ¡Pasamos veladas estupendas entre sus paredes mohosas, jugando a robatarántula! ¿Sigue siendo un lugar tan exquisitamente LÚGUBRE?

Camilo sorbió ruidosamente por la nariz y entonces replicó:

—Lo sería si no estuviera plagado de monstruos y fantasmas… SNIF…

—¿Quééé? —exclamó Tenebrosa—. ¿Monstruos y fantasmas en el castillo de un vampiro? ¡Eso es un MISTE-RIO espectacular! Voy a escribir el artículo del año, ¡o quizá una novela!

—¡Lo único espectacular es el ESTRÉPITO que me impide

dormir! —replicó Cami-
lo, suspirando—. Esos
monstruos no paran
de hacer **travesuras**:
me llenan de
MIGAS DE PAN el
ataúd donde duer-
mo, esparcen
QUESO
FUNDIDO
por el suelo para
que resbale…
¡Ayer cambiaron mis
zumos de tomate por
botellas de **infusión
de ajo**! —gritó
Camilo, desesperado.
—¡Son bromas real-
mente **TREMENDAS**!

Miga
de pan

Queso
fundido

Infusión
de ajo

—exclamaron con entusiasmo Ñic y Ñac, tomando nota a escondidas.

¡Ji, ji!

—La verdad es que mi castillo, modestia aparte, es PRECIOSO —continuó el vampiro—, pero a este paso me veré obligado a abandonarlo. ¿Podéis ayudarme?

—Has llamado a la puerta adecuada —asintió Tenebrosa—. Nosotros, los Tenebrax, no dejamos nunca solo a alguien en apuros. Declaro oficialmente abierta la…

¡MISIÓN SALVEMOS AL VAMPIRO!

—¿Puedo participar, tía? —preguntó emocionada Escalofriosa.

—¡Pues claro! —respondió ella al instante—. Nosferatu y tú formaréis parte del equipo con el abuelo y conmigo.

—Queridos, no olvidéis llevar ropa de abrigo
—les aconsejó la Abuela Cripta—. El Castillo
del Colmillo se encuentra en alta montaña y
por allí **NIEVA** mucho.

—Muy bien —dijo Tenebrosa—. Pues vamos
a EQUIPARNOS y luego nos pondre-
mos en marcha.

—Así se habla, nieta —asintió el abuelo—.
Voy a buscar una `cosilla`...
Y desapareció en dirección a su Lugar para
Pensar.

MONSTRUOS, ¡LLEGAN LOS NUESTROS!

Tenebrosa subió corriendo la escalera que llevaba a su habitación, mientras Nosferatu REVOLOTEABA alrededor de su cabeza, protestando:

—¿Por qué tengo que ir yo? Está lejos, hará muchísimo FRÍO y a mí no me gusta la nieve.

Tenebrosa conocía bien el punto débil de su murciélago doméstico y terminó con sus quejas lanzándole un delicioso CARAMELO de gusanos de pantano, que Nosferatu se tragó al vuelo.

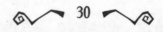

—¡MMMM! DE ACUERDO. ¡¡¡NOSVAMOSNOSVAMOSNOSVAMOS!!!

—gritó, al fin convencido.

—La primera fase de una **MISIÓN MISTERIOSA** —dijo Tenebrosa Tenebrax en voz muy alta— consiste en equiparse con lo necesario.

Abrió la puerta del fiel Armario, su ropero animado, que siempre le aconsejaba cómo **VESTIRSE**.

—El Castillo del Colmillo está cerca del Pico Vampiro, una zona donde caen grandes nevadas —declaró Armario, solemne—. Por tanto, me permito aconsejarle una túnica de **LANA** de muflón pestilente, en un delicado tono lila pálido. Y, sobre todo, completamente lisa.

Tenebrosa se puso la túnica, se peinó la larga melena negra, se pintó los ojos con escamas

¡Está bellísima!

¡Gracias!

de lagarto **ESPuMoSo** y los labios con baba de sapo siberiano. Espejo la piropeó:

—¡Está bellísima, señorita Tenebrosa!

¿Cuál es la misión de hoy?

—Salvar a un **VAMPIRO** —respondió ella muy resuelta y salió de la habitación.

Camilo y el abuelo, con un voluminoso B A Ú L , ya la esperaban en la puerta.

—¿Qué es eso? —preguntó con mucha curiosidad Escalofriosa, que acababa de llegar justo en ese momento, muy abrigada para protegerse del frío del Castillo del Colmillo.

—Es mi último invento, el **BMT** —contestó el abuelo, muy orgulloso.

—¿El BMT? ¿Y eso qué significa?

—¡Muy fácil! Esas siglas significan ¡El **B**aúl de los **M**onstruitos **T**remendos! Como sabéis, en el foso de nuestro castillo, además de Remolino viven otros **MONSTRUITOS** misteriosos...

—Dicen que poseen habilidades muy peculiares —dijo Tenebrosa—, pero nadie los ha visto.

—¡Hasta ahora! —rió el abuelo y le dio unas suaves **PALMADAS** al baúl—. Bueno, vámonos ya. Y no os preocupéis, en el momento adecuado lo descubriréis todo.

El grupo salió del Castillo de la Calavera listo para el *VIAJE*.

Cuando Camilo Sangredulce vio el *TURBOLAPID 3000* de Tenebrosa,

Castillo de la Calavera

sonrió por primera vez desde su llegada al Castillo de la Calavera.

—¡Un coche fúnebre soberbio! —comentó—. Te lo digo yo que, modestamente, entiendo del tema.

Tenebrosa le dio las gracias y ARRANCÓ.

A los pocos minutos, Escalofriosa le preguntó, perpleja:

¡Por aquí tiene que estar el... Pico Vampiro!

Villa Shakespeare

—Pero ¿adónde vas? Éste no es el camino más corto hacia el Pico Vampiro.

—¿No os lo he dicho? Primero vamos a recoger a mi amigo **BOBO SHAKESPEARE**. Le gustará unirse a nosotros. Un escritor como él siempre está al acecho de historias interesantes. Además, le encanta resolver **MISTE-RIOS** conmigo.

Todo el mundo lo sabe, Bobito

Por culpa de los FANTASMAS de Villa Shakespeare, Bobo no lograba conciliar el sueño. Al final, decidió **LEVANTARSE**, vestirse e ir a su estudio.

Contempló la montaña de *cartas* por abrir que se acumulaban en su escritorio y se le ocurrió aprovechar el insomnio para poner al día su correspondencia. En lo alto de la pila había un **SOBRE** azul:

Qué sueño...

contenía un folleto publicitario de unas vacaciones en la **NIEVE**.

PRÓXIMA APERTURA

¿LOS ESCALOFRÍOS DE LUGUBRIA TE ABURREN? ¡UNAS FANTÁSTICAS VACACIONES EN LA NIEVE TE DEJARÁN HELADO!

AQUÍ TE ESPERAN DIVERSIÓN, DEPORTE Y UNA ESTANCIA EN UN HOTEL PRECIOSO.

Para más información:
Rodrigo Enredos
Calle del Timo, 413, Lugubria

—Bah… nada de vacaciones en la nieve —comentó Bobo—. Lo que necesito es una *buena noche* de sueño sin fantasmas.

En ese justo momento, el timbre sonó repetidamente.

—¿Quién será a estas horas? —se preguntó Bobo, ahogando un bostezo.

En la puerta lo esperaba su amiga Tenebrosa, con una expresión más DESPIERTA y enérgica que nunca.

—¡Hola, Bobito! Ya estás vestido, ¡perfecto! Salimos en seguida para una **MISIÓN** de salvamento.

—¿Sa-salvamento? —dijo él—. ¿De quién?

—Pronto lo sabrás —respondió Tenebrosa.

Luego le puso una bufanda alrededor del cuello y lo empujó hacia el **COCHE**. De pronto, Bobo se vio sentado entre Escalofriosa y Camilo.

—Encantado —dijo el vampiro—. Soy Camilo Sangredulce, de profesión **VAMPIRO**...

Antes de que pudiera terminar la frase, Bobo se **DESMAYÓ**.

—Oh, ¿lo he asustado? —preguntó Sangredulce.

—Pues sí. Es que Bobito es muy impresionable —explicó Tenebrosa.

Cuando el escritor volvió en sí, vio unos extraños **CERCOS** en la camisa de Camilo.

—O-oye, ¿esas ma-manchas rojas so-son… **SANGRE**?

—¡¿Sangre?! ¡Nooo! ¡Es **ZUMO** de tomate de la mejor cosecha! —respondió Camilo, muy orgulloso—. Yo, modestia aparte, soy un V.E.Z.T. de primera categoría.

—Un **V.E.Z.T.**, cla-claro —dijo Bobo y le preguntó en voz baja a Nosferatu—: ¿Y e-eso qué es?

—¿Pues qué va a ser? ¡Un **V**ampiro **E**specia-lista en **Z**umo de **T**omate! —chilló Nosfera-tu—. ¡Lo sabe todo el mundo, tontorrón!

—Y dinos, querido vampiro —lo interrumpió Tenebrosa—, ¿cómo son exactamente los mons-truos y los fantasmas que **INFESTAN** tu morada?

—¿Va-vampiros? ¿Mo-monstruos? ¿Fa-fantasmas? —murmuró Bobo, antes de **DES-MAYARSE** una vez más.

UN CASTILLO ESCALOFRIANTE

—Desde hace meses, me atormenta un fantasma altísimo, que me AMENAZA —explicó el vampiro.

Escalofriosa sacó una libreta del bolsillo y empezó a tomar *notas*.

—En todos los rincones del castillo —prosiguió Camilo— veo sombras inquietantes y continuamente oigo temibles AULLIDOS.

—¿Qué tipo de aullidos? —preguntó Tenebrosa—. ¿Desgarrados como los de un hombre lobo, estridentes como los de un monstruo hambriento o tiernos como los de un insecto de compañía?

—Creo que son… **AULLIDOS METÁLICOS** —contestó Camilo.

Escalofriosa anotó: «aullidos metálicos».

De pronto, Bobo **VOLVIÓ EN SÍ** y preguntó:

—¿Ya he-hemos llegado?

El Turbolapid subió a todo gas por el Camino del Abismo, que **LLEVABA** a las cimas más altas del Valle Misterioso y, en un abrir y cerrar de ojos, llegó a la localidad llamada Precipicio, al pie del Pico Vampiro.

Mientras el grupo tomaba el largo **SENDERO** de entrada al Castillo del Colmillo,

el primer rayo de sol apareció detrás de la Cumbre de la Baba Babosa.

—Si me da el SOL, me juego la piel y los colmillos —gritó Camilo—. Me voy a acostar. ¡Hasta esta noche!

Y DESAPARECIÓ corriendo en el castillo.

Los Tenebrax se detuvieron a admirar la fachada espectral del Castillo del Colmillo.

—Es el castillo más deliciosamente ESPANTOSO que he visto nunca —comentó Escalofriosa, señalando las torres, decoradas con afilados COLMILLOS de piedra.

—Te-terriblemente e-espantoso —tartamudeó Bobo, escondiéndose detrás de Tenebrosa.

—No sé qué hacemos aquí, esperando que la cola se nos llene de moho. ¡Entremos a buscar a los **MONSTRUOS**! —propuso el Abuelo Ratonquenstein, decidido.

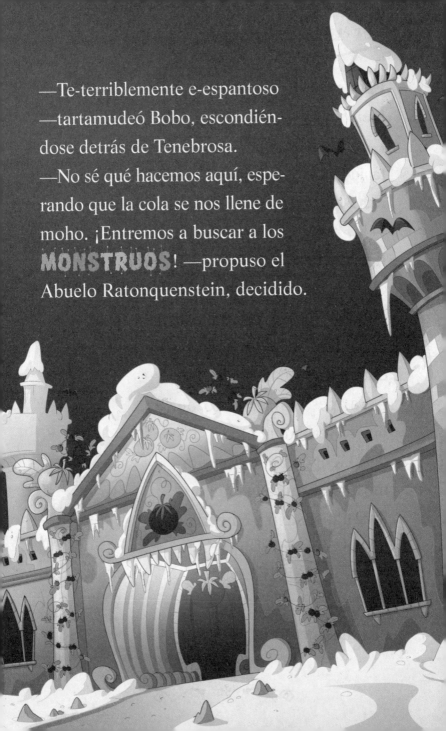

El interior del castillo, muy oscuro, estaba cubierto de POLVO y TELARAÑAS.

—¡Qué maravilla! —exclamó Tenebrosa, extasiada, al ver un pasillo espectral lleno de ARMADURAS—. ¿Verdad, Bobito?

—Pu-pues… sí —respondió él, presa de un ligero tembleque—. Pe-pero ¿por qué e-están echadas to-todas las cortinas?

—Bobito, éste es el castillo de un vampiro —explicó Tenebrosa—. Y no puede arriesgarse a que ni un rayo de sol lo ilumine.

—Ya, pero un po-poco de luz nos se-sería muy útil…

—Yo tengo lo que necesitamos —aseguró el Abuelo Ratonquenstein y empezó a rebuscar en el interior del BAÚL—. Os presento a… ¡Lucilla, la bichilla que brilla!

¡Hola Lucilla!

Al decir esas palabras, sacó un bicho enro-
llado que, al extenderse, emitió una relu-
ciente LUZ e iluminó todo el pasillo.

—¡Perfecto, abuelito! —exclamó Tenebrosa—.
Y ahora… ¡TODOS QUIETOS!

—¿Qué pasa? ¿Los monstruos nos atacan?
—preguntó el abuelo.

—¡No deis un paso! —gritó Tenebrosa—. ¡Veo
HUELLAS!

EL PASADIZO SECRETO

En la gruesa capa de polvo que cubría el suelo, se distinguían pequeñas huellas C U A - D R A D A S, muy alejadas unas de otras.

—¿De qui-quién serán? —preguntó Bobo.

—Seguro que no son de Camilo, porque él siempre lleva sus zapatos de ᑭᑌᑎᖶᗩ. Y tampoco de un monstruo, ni de un fantasma. Esos no dejan huellas, sólo restos de **FANGO** o ECTOPLASMA —sentenció Tenebrosa y sacó el móvil.

—¿A quién llamas? —preguntó Escalofriosa.

—A mi profesora de Investigación de rastros, huellas y 🐾PISADAS🐾. Ella me dirá de quién son éstas.

El teléfono sonó dos veces y la voz vibrante de la profesora Descubrerrastros se oyó al otro lado.

—¿Diiiiigaaaaaa?

—Buenos días, profesora, soy Tenebrosa.

—¡Querida alumna! —respondió Descubrerrastros con ENTUSIASMO—. ¿Estás trabajando en alguna INVESTIGACIÓN? Dime, ¿todavía tienes a ese ayudante tan debilucho?

Tenebrosa le echó una mirada al ATERRORIZADO Bobo.

—Sí, está aquí conmigo. Le estamos echando una pata a un vampiro en apuros y he encontrado unas huellas muy raras…

—Mándame un mms con una 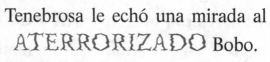. Las analizaré cuidadosamente y te enviaré el resultado lo antes posible.

—¡Gracias! Sabía que podía contar con usted.

Tenebrosa fotografió las huellas y, después, el grupo prosiguió con la **EXPLORACIÓN** del castillo.

En el pasillo de las armaduras había una escalera de mármol que llevaba a la Galería de los *Retratos*. De sus paredes colgaban los de los antepasados de Camilo Sangredulce, todos ellos con mirada turbia y expresión severa.

—¡Qué caras tan ESCALOFRIANTES!

—comentó Escalofriosa con admiración.

—Realmente ESCALOFRIANTES —lloriqueó Bobo y buscó un lugar donde sentarse para recuperar el aliento y… su valor. Pero no había nada, ni un triste banco. El pobre tuvo que apoyarse en la pared y al posar la mano en un **tirador** en forma de cabeza de dragón que sobresalía…

—¡AAAAAAAAAAAAAHHH!

No era una pared, ¡sino una puerta giratoria! Durante unos minutos, el pobre Bobo entró y salió de la pared como una **PEONZA**, hasta que Tenebrosa asió el tirador en forma de cabeza de dragón y **BLOQUEÓ** el mecanismo.

—Bobito, ¡has encontrado un `pasadizo secreto`! —gritó. Y luego añadió, perpleja—: Lo malo es que… no se ve ni torta. Abuelo, ilumina esto, por favor.

El abuelo, con Lucilla en la mano, se metió en el pasadizo.

—¡Mirad! Hay una escalera estrecha que baja. *¡SEGUIDME!*

—¿Se-seguirte? ¿Ahí de-dentro? —protestó Bobo—. ¡Puede que esté lleno de monstruos! El abuelo lo alumbró con **Lucilla**.

—Escucha, jovencito, ¿cómo es posible que un roedor tan **COBARDE** quiera ser novio de mi nieta Tenebrosa?

—Yo no tengo intenciones de ser el nov… —intentó rebatir Bobo.

—El abuelo tiene razón, Bobito —lo interrumpió Tenebrosa—. A veces INCORDIAS más que un huesecillo entre los dientes. ¡Anda, bajemos de una vez!

¡Cortemos por lo sano!

La chica empujó con mucha dulzura a Bobo escaleras abajo, mientras la débil luz de la monstruita Lucilla proyectaba **SOMBRAS ESPECTRALES** en las paredes cubiertas de moho.

—¿E-esta e-escalera no termina nunca? —preguntó el escritor muy impaciente, después de tres interminables **TRAMOS**, cada vez más estrechos.

—En vez de hablar tanto, Bobito, haz algo útil —dijo Tenebrosa quitándole el baúl al abuelo y **LANZÁNDOSELO** a Bobo—. No querrás que el Abuelo Ratonquenstein se **CANSE**.

Bobo cogió el baúl al vuelo, y estuvo a punto de **RODAR** por la escalera debido al peso.

—No estoy cansado —intervino el Abuelo Ratonquenstein—. Estoy más en **FORMA** que un cadáver bicentenario. Más **DESPIERTO** que un lirón con dolor de muelas. Más **ÁGIL** que un grillo momificado. ¡Mirad esto!

Y bajó de un salto los últimos peldaños que lo separaban del rellano, donde aterrizó con los pies juntos.

¡CLENC!

—¡Qué ruido tan raro! —exclamó Tenebrosa—. ¿Le has dado un golpe a algo, abuelito?

El profesor ILUMINÓ el suelo con Lucilla y exclamó:

—¡Por el pelo pulgoso de un gato negro! Es… ¡una **TRAMPILLA** de hierro!

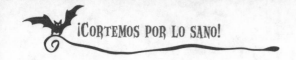

—Hay una placa —observó Escalofriosa y leyó en voz alta:

TRAMPILLA SECRETA DEL CUARTO SECRETO DEL PASADIZO SECRETO
PROHIBIDO ENTRAR
¡GUARDEN EL SECRETO!

—¡Me fascinan los secretos! —declaró Tenebrosa, muerta de curiosidad—. ¡Entremos **INMEDIATAMENTE**!

—No va a ser fácil —dijo Bobo con aire dubitativo—. Mira, hay una **CADENA** que mantiene cerrada la trampilla.

—¿Una cadena enorme? —**RIÓ** el Abuelo Ratonquenstein—. ¡Eso lo arreglo yo! Pásame el **BMT**.

Abrió de nuevo el baúl y esta vez sacó un pequeño monstruo de dientes **AFILADOS**.

—Es Cortatodo, mi monstruito preferido. ¡No hay cadena, cerrojo, ni barra que se le resista! A continuación, llevó a Cortatodo junto a la cadena y, en pocos segundos, el monstruito la hizo **TRIZAS**.

LOS SECRETOS DEL CUARTO SECRETO

Bajo la trampilla había un cuarto oscuro que olía muy fuerte a MOHO.

—Te-Tenebrosa, yo os e-espero aquí —tartamudeó Bobo, TAMBALEÁNDOSE por el peso del BMT—. Si es un cu-cuarto se-secreto, por algo será…

Por toda respuesta, Tenebrosa le cogió el baúl de las manos y BAJÓ, seguida por el abuelo y Escalofriosa. Con un suspiro, Bobo también la siguió.

El cuarto era pequeño, FÉTIDO y terriblemente OSCURO.

El Abuelo Ratonquenstein iluminó con Lucilla unos objetos amontonados en un rincón.

Tenebrosa los describió mientras Escalofriosa tomaba nota:

—Vamos a ver… un viejo **GRAMÓFONO** y varios discos con las etiquetas ilegibles, un **PROYECTOR**, una **SÁBANA** larguísima (con algo de moho) y una caja de madera cerrada con un **CANDADO**.

Tenebrosa Tenebrax sentía muchísima curiosidad por la caja.

—Abuelo, ¿podríamos utilizar otra vez a…?

—… ¿a **CORTATODO**? —terminó la frase su abuelo—. ¡Pues claro!

El profesor sacó al monstruito del baúl y éste se abalanzó con las fauces abiertas sobre el candado.

¡cLINC!

¡Nada! El candado era muy resistente. ¡Ni siquiera los dientes de Cortatodo podían con él!

—¡Por mil monstruillos listillos! —exclamó el abuelo—. ¡Qué **raro**!

—Esa caja desprende un inconfundible tufo a **MISTERIO** —declaró Tenebrosa—. ¡Tenemos que abrirla como sea!

—Se me ocurre una solución… pero no la **ACONSEJO**. Es mejor que lo dejemos.

—No podemos echarnos **ATRÁS**, abuelo —insistió Tenebrosa con decisión—. Camilo cuenta con nosotros.

—Está bien —suspiró el Abuelo Ratonquenstein—. Pero luego no digas que no te lo he advertido. ¡Dad todos un paso **ATRÁS**!

El abuelo sacó del BMT un tarro pequeño, lo abrió y echó su contenido sobre la caja de madera.

—¿Qué hay ahí dentro? —preguntó con curiosidad, Escalofriosa.

—Mis monstruitas preferidas —dijo muy orgulloso el abuelo—, las tremendas **TRAGATODO**. Acaban con todo lo que encuentran. Y, lo más importante, no se detienen hasta **SACIARSE**.

TREMENDAS TRAGATODO
COLOR: rojo fuego
RASGOS PECULIARES: dientes neumáticos

Del tarro salieron cuatro bichos minúsculos, una especie de hormiguitas que, por un instante, permanecieron inmóviles sobre la tapa de la caja.

—Son unos **INSECTOS** diminutos e inofensivos —dijo Bobo y se acercó—. No parecen tan tremen…

Pero antes de que pudiera terminar la frase, dos Tragatodo le saltaron a la chaqueta y empezaron a **DEVORARLE** la ropa. Mientras, las otras dos se abalanzaron sobre la caja y se comieron hasta el candado macizo.

— ¡AAAAAAAAH!

—gritó Bobo, un segundo antes de desmayarse.

UNA PISTA MISTERIOSA

Las tremendas Tragatodo devoraron las paredes de la caja en un abrir y cerrar de ojos. Por un instante, Tenebrosa y sus compañeros vislumbraron un montón de PAPELES, pero en seguida desapareció entre las fauces implacables de las monstruitas.

Los insectos tras DEVORAR el baúl y su contenido, empezaron a comerse la ropa de Bobo.

Tenebrosa ZARANDEÓ al escritor desmayado, que ya no tenía mangas en la chaqueta, pero Bobo no volvía en sí y las Tragatodo empezaron a MORDISQUEARLE el pantalón.

—Ejem… abuelo, ¿se detendrán antes de **ZAMPARSE** a Bobo, verdad? —preguntó Escalofriosa.

—¡Por supuesto! Las Tragatodo comen tela, madera y metales —informó el profesor—, pero no les *gustan* los roedores. Bueno… eso creo —añadió en voz baja, mientras las **TRAGATODO** seguían moviendo las mandíbulas.

¡Pobre Bobo!

¡El mismo tonto de siempre!

Al llegar por encima de los tobillos, dejaron de comerse la ropa de Bobo y, finalmente, se durmieron satisfechas.

ZZZᶻZ²ᶻZᶻ ᶻZZᶻZ²ᶻZᶻ ᶻZZ²ᶻZ ZZ²Z

—¿Veis? ¡Ya os lo había dicho! —exclamó el abuelo y las metió de nuevo en el tarro—. A **DORMIR**, chiquitinas, por hoy ya habéis comido bastante.

En ese momento, Bobo abrió un ojo con mucho **ESFUERZO**.

—¿Qué ha ocurrido?

Tenebrosa le extendió una **PATA**.

—A las tremendas Tragatodo les encantas.

—Las Trag… ¡¿todavía andan sueltas?! —preguntó, aterrorizado.

—No, están durmiendo. Lo malo es que no se han contenido y se han comido todo lo que había en la caja.

—Todo no, tía —aclaró Escalofriosa—.
Aquí hay un TROCITO de papel.

¡Mirad!

Tenebrosa Tenebrax cogió el fragmento del suelo:

—Todavía puede leerse algo…
Exclusiva Estación…

—¿Estación? —repitió Escalofriosa, bastante sorprendida—.
¡Pero, si por aquí no pasa nin-
gún TREN!

Antes de que nadie pudiera decir nada más,
sonó el móvil de Tenebrosa.

TATATA TAAAN

—¿Diga?

—¡Ya lo tengo, Tenebrosa! Ya sé qué dejó esas *huellas*. No me cabe ninguna **DUDA**, lo tengo clarísimo… ¡JE, JE, JE!

—Profesora Descubrerrastros, cuéntemelo todo.

—Son las huellas de unos ZANCOS. Se trata de un modelo más bien anti-cuado.

—Zancos… —repitió Tene-brosa pensativa, mientras Esca-lofriosa tomaba nota.

¡NO TIRES DE LA PALANCA!

—A mí eso de los zancos no me convence en absoluto —declaró Tenebrosa.

—Ya. Y yo me pregunto una **COSA**… —murmuró el abuelo.

—¿Qué, abuelito? —preguntó Tenebrosa.

—¿**QUÉ** de qué, querida?

—¿Qué te preguntas, abuelo?

—Ya, ¿**QUÉ** me pregunto?

Tenebrosa resopló. A veces, el abuelo era más confuso que **un** pájaro carpintero con JAQUECA.

—Nada, vamos a dejarlo… Es mejor que volvamos a las huellas de los famosos monstruos que tanto ATORMENTAN a Camilo.

—Monstruos… monstruos… ¡sí! —exclamó el abuelo y se dio una sonora palmada en la frente—. Llevamos un buen rato en el castillo y no hemos encontrado ni la **SILUETA** de un monstruo. Ni siquiera la sombra de un fantasmilla. Ni un hilillo de baba de ectoplasma.

—Puede que los **MONSTRUOS** y **FANTASMAS** del castillo duerman de día, como hace Camilo —sugirió Escalofriosa.

—O puede que, en realidad… —empezó Tenebrosa Tenebrax, pero la interrumpió un sonoro **¡AY!**

Todos se volvieron hacia Bobo, que había tropezado y se había caído al suelo.

El escritor se levantó y miró el punto donde había perdido el **EQUILIBRIO**.

—He tropezado con una especie de **PALANCA**.

El Abuelo Ratonquenstein gritó:

—¡NO LA TOQUES!

Pero era demasiado tarde. Bobo, lleno de curiosidad, ya había tirado de la palanca.

De pronto, en el suelo se formó un **RE-MOLINO** que, en un segundo, engulló a todo el grupo.

¡SOCOOOORROOOOOOOOOOOOOOOOOO!
¡SOCOOOORROOOOOOOOOOOOOOOOO!
¡SOCOOOORROOOOOOOOOOOOOOO!

Mientras caía, Bobo buscaba en el aire algo
donde AGARRARSE.
Lo único que pudo asir fue una ala de murciélago.
—¡Déjame, tontorrón, suéltame!
Pero al final, Nosferatu cayó al VACÍO,
como los demás.

¡Socorrooooooooo!

¡Suéltameeeeee!

¡Yupiiiiiiiiiiiiiiiiii!

PELIGROS Y PASADIZOS

—¡AAAAAAAAAAAAAH!

El grupo se precipitó muchos metros. Por suerte, al final cayó sobre un **COLCHÓN** de terciopelo mullido y suave.

PLUFFFF

—¡Qué vuelo tan **ATERRADOR**! —rió el abuelo, sacudiéndose el polvo de la ropa.

—¿Lo repetimos? —rió Escalofriosa.

—Esto es lo que se dice un aterrizaje suave —comentó Tenebrosa, poniéndose en pie.

Bobo era el único que había caído sobre algo **PUNZANTE**.

—¡E-este lugar e-está lleno de peligros! ¿D-dónde estamos? ¿Y p-por qué hay un colchón?

—Bobito, siempre hay que explicártelo todo —resopló Tenebrosa—. Estamos en las **CATACUMBAS** del castillo. Y no hemos caído sobre un colchón, ¡es un **ATAÚD**!

Bobo, sin pensar, cogió el objeto sobre el que había caído y se encontró cara a cara con una… **¡CALAVERA!**

¡¿Qué es es–to?!

—Te presento al Marqués Ratinus Truculentus —dijo con mucha solemnidad el Abuelo Ratonquenstein.

—Es el tata-tatarabuelo de Camilo Sangredulce —explicó Escalofriosa—. Hemos visto su morro en la Galería de los Retratos.

Bobo se DESMAYÓ y Tenebrosa le golpeó el hocico con un HUESECILLO.

—Despierta, Bobo, y antes que nada, deja esa calavera en su sitio.

Lentamente Bobo recuperó el sentido, salió del ataúd y MIRÓ a su alrededor.

—Aquí yacen los antepasados de Camilo Sangredulce. SNIFF —se conmovió el abuelo—. Todos ellos roedores de categoría.

—¿Có-cómo vamos a salir de a-aquí? —tartamudeó Bobo, mirando a su alrededor.

—¡Pues muy sencillo! Sólo tenemos que encontrar el mecanismo OCULTO. ¡Será como un juego de ratoncitos! —exclamó el

Abuelo Ratonquenstein observándolo todo—. ¡Por mil murciélagos murcielagosos! ¡Ahí está! Sobre un sarcófago vieron grabado el **EM-BLEMA** de los Sangredulce: un tomate jugoso.

El abuelo lo pulsó y se abrió una **POR-TEZUELA** que daba a una galería. La iluminó con Lucilla y murmuró:

—Esto es muy **BAJO**. Tendremos que recorrerlo a cuatro patas.

Tras un centenar de metros, el túnel acababa al pie de una ᴱˢᶜᵃᴸᴱᴿᵃ de la que no se veía el final.

—¡Ánimo, empecemos a subir! —exclamó Tenebrosa, **ALEGRE**—. ¡Bobito, ve contando los peldaños!

—Doscientos noventa y siete… puff… noventa y ocho, noventa y nueve…

El último peldaño era el número trescientos, pero Bobo no lo contó, porque **CAYÓ** al suelo, exhausto.

—Anda, Bobito, que ya hemos llegado —lo animó Tenebrosa—. Mira esto…

¡Qué lugar tan maravilloso!

LA TORRE DE LA LECHUZA

La escalera terminaba en una bella y espacio-sa **TERRAZA**.

—¿Dónde e-estamos? —protestó Bobo con un hilo de voz.

—En la Torre de la Lechuza —dijo el Abuelo Ratonquenstein—, el punto más ALTO del Castillo del Colmillo.

El escritor, titubeante, se asomó a la ventana de la torre. Era el ATARDECER y el sol, al ponerse suavemente, teñía el panorama de ROSA y ORO.

—¡Allí está Lugubria y ése es el Castillo de la Calavera! —señaló Escalofriosa muy CON-TENTA—. Y allí está Villa Shakespeare.

Bobo reconoció que las vistas eran impresionantes. El problema era que tenía la ropa hecha jirones y se moría de FRÍO.

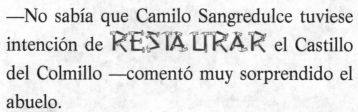

Qué frío...

Tenebrosa señaló al grupo un lugar en concreto:

—¿Qué son esos CHISMES?

Cerca de un bosque espeso había numerosos camiones y varias excavadoras aparcadas.

—No sabía que Camilo Sangredulce tuviese intención de RESTAURAR el Castillo del Colmillo —comentó muy sorprendido el abuelo.

—En el lateral de los camiones veo algo *escrito*... pero estamos demasiado lejos y no puedo leerlo —observó con aire de preocupación Tenebrosa.

—¡No hay problema! —exclamó el abuelo y sacó un nuevo MONSTRUITO del baúl—.

Aquí está mi querido bichito preferido: ¡el HORRENDÁTICO!

Tenebrosa cogió al monstruito con delicadeza y el animal tensó las pequeñas antenas. Ella se las acercó a los ojos y, como a través de unos PRISMÁTICOS, leyó lo que llevaban escrito los camiones..

—Rodrigo... Rodrigo Enredos.

—Hum... He oído ese nombre en alguna parte —murmuró Bobo.

Tenebrosa marcó rápidamente un número en el MÓVIL.

—¡Tenebrosilla! —dijo Entierratón al otro lado del teléfono—. ¿Cómo va la MISIÓN?

—Bien, papá. Tú que siempre tienes información sobre los roedores de negocios del valle, por casualidad ¿sabes quién es Rodrigo Enredos?

—Sí. Es el ratón que el año pasado quiso quitarnos el Castillo de la Calavera para transformarlo en un **BALNEARIO**. Decía que las aguas del foso tenían el punto adecuado de putrefacción para hacer **FANGOTERAPIA**. Un tipo insistente, un poco **GRANUJA**, diría yo…

—¡Muchas gracias, papá!

—¡Ya lo tengo! —exclamó Bobo en ese instante—. Leí ese nombre en un *ANUNCIO*.

—¿Un anuncio de qué, Bobito?

—¿De… de… qué era? ¡No me acuerdo!

—¿**GALLETAS** de larvas de mosquito? —sugirió Nosferatu.

—No, creo que no.

—¿**Batidos** de queso? —propuso exaltada, Escalofriosa.

Bobo negó con la cabeza.

—¡Por el **ASMA** de mi abuelo fantasma! —saltó Tenebrosa—. ¡Concéntrate, Bobito! ¿Tu cerebro se ha ido de **vacaciones**?

—¡Vacaciones! ¡Eso es! ¡Un anuncio de vacaciones en la nieve!

¡Está bien claro!

—¿Cómo dices? ¿Un anuncio de vacaciones en la nieve? —repitió Tenebrosa Tenebrax, bastante **perpleja**.

Y mientras el cielo pasaba del rosa al azul oscuro, la chica muy concentrada en sus pensamientos, empezó a andar arriba y abajo por la terraza de la Torre de la Lechuza, primero D E S P A C I O, luego cada vez más **DE PRISA**.

—¡Creo que ya lo tengo! —exclamó de pronto—. Escalofriosa, por favor, ¿podrías releer tus *notas*?

Escalofriosa asintió y empezó a leer en voz alta:

COSAS QUE ATORMENTAN A CAMILO:

-un fantasma muy alto

-sombras espantosas

-aullidos metálicos

COSAS QUE HEMOS DESCUBIERTO EN EL CASTILLO:

-huellas de zancos   -un proyector

-un gramófono   -una sábana enorme

-el fragmento de un documento con las palabras

«exclusiva estación»

-obras fuera del castillo, con muchos camiones de

Rodrigo Enredos, un ratón inquietante que quería

comprar el Castillo de la Calavera para convertirlo

en un balneario y que publica anuncios de vacacio-

nes en la nieve.

—¡Está bien claro! —exclamó al fin Tenebrosa, triunfante.

—Pues yo lo veo muy oscuro —replicó Bobo, mirando **DISTRAÍDAMENTE** el cielo.

—No estoy hablando del cielo, Bobito. Me refiero a los fantasmas que **ATORMENTAN** al pobre Camilo. Creo que ya sé lo que ocurre.

—¿Y **QUÉ** ocurre, tía? —preguntó Escalofriosa impaciente.

—Eso, **¿QUÉ?** —insistió el Abuelo Ratonquenstein.

¿QUÉDEQUÉDEQUÉDEQUÉ?

—chilló Nosferatu, revoloteando.

—Os lo explicaré en seguida. Ahora vamos a ver a Camilo Sangredulce. Ya casi es de **NOCHE** y dentro de nada se despertará —dijo Tenebrosa, echando un vistazo a las

primeras ESTRELLAS que empezaban a puntear el cielo.

Aún no había terminado la frase, cuando un grito ESPANTOSO retumbó en todos los rincones del Castillo del Colmillo.

–¡AAAAAAAAAAAAAAAAAAAH!

¡Qué grito tan tremendo!

¡Qué grito tan espantoso!

Pe-pero ¿quién grita?

—¿Qué os he dicho? —sonrió Tenebrosa—.
Es el **GRITO** del despertar de Camilo.

A los pocos instantes, un segundo grito, más
ESPANTOSO que el primero, rompió de
nuevo el silencio.

¡AUILILILILILILILILILILILILIH!

El abuelo se rascó la nariz, **perplejo**.
—¡Por el asma de mi abuelo fantasma! ¡Ése
no es Camilo!

Camilo Sangredulce no había dormido muy bien. Durante todo el día, una gran cantidad de MIGA de pan lo había hecho dar más vueltas que una **PEONZA** dentro del ataúd. Finalmente se quedó medio dormido, pero cuando despuntaba el primer rayo de **LUNA** se despertó a la misma hora de siempre con el grito habitual.

¡Miga de pan!

¡Miga de pan!

—Iré a buscar a mis amigos. Quizá hayan **DESCUBIERTO** algo…

Pero un grito distinto lo paralizó.

—Pero ¿qué ocurre? —bostezó el vampiro—. Puede que aún esté soñando…

Una música estridente se difundió por la habitación, seguida de una voz lúgubre.

¡ESTO NO ES UN SUEÑOOOOOO!

—¿Quién habla? ¿Y de dónde sale esa música? —preguntó Camilo asustado, con los ojos como platos.

En la penumbra, surgió un fantasma muy alto. Detrás de él, unas inquietantes **SOMBRAS** se alargaban sobre la pared.

—¡TIEMBLA, VAMPIRO! —lo intimidó el fantasma y se echó a reír.

Camilo decidió que había llegado el momento de enfrentarse al enemigo de una vez por todas.

Salió de su cama-ataúd, se armó de **VALOR** y se dirigió al misterioso fantasma que tenía delante:

—Fantasma Desconocido, ¿dime, has sido tú quien me ha llenado el ataúd de MIGAS? ¿Quien ha echado QUESO FUNDIDO en el suelo? ¿Quien ha cambiado mis botellas de zumo de tomate por las de infusión de AJO?

Por toda respuesta, el fantasma soltó una carcajada **TERRORÍFICA** y Camilo Sangredulce se encogió en el interior de su capa.

—Dime de una vez qué quieres de mí.

—Tienes que irte del Castillo del Colmillo. ¡Ahora mismo! **¡Ya!** Si no, seguiré y seguiré atormentándote POR TODA LA ETERNIDAD.

—Pero ¿por qué voy a dejar mi castillo? —preguntó Camilo, oponiendo resistencia—. Mi familia lleva siglos viviendo aquí.

—¡Simplemente porque lo digo YO! —bramó el fantasma, bastante amenazador, mientras los aullidos aumentaban de intensidad—. Si no lo haces, NUNCA te dejaré en paz. ¡NUNCA!

De pronto, el fantasma hizo aparecer de la nada un DOCUMENTO y una PLUMA y se los tendió a Camilo.

¡Venga, firma!

—Antes de irte —siseó el fantasma—, echa una firmita aquí. Abajo, ¿lo ves? Donde dice: CEDO MI CASTILLO AL FANTASMA QUE ME ATORMENTA.

Camilo trató de resistirse:

—Pero… pero… ¡yo no tengo intenciones de ceder mi castillo!

El fantasma se acercó más a él:

—Es la única forma que tienes de librarte de mí y de volver a ser de nuevo un vampiro TRANQUILO.

¡VENGA, FIRMAAAAAAAA!

—aulló, amenazador.

Camilo cogió la pluma con dedos temblorosos y SUSPIRÓ. ¡¿Dónde se habrían metido sus amigos los Tenebrax?!

¡FUERA LA SÁBANA!

Tenebrosa bajó corriendo los trescientos escalones de la Torre de la Lechuza, y se dirigió hacia el sótano del castillo con el resto del grupo. Cuando llegó, se encontró con una escena **INCREÍBLE**. Una música estridente sonaba a todo volumen en la habitación, mientras unas sombras espantosas **APARECÍAN** y **DESAPARECÍAN** en las paredes.

Un fantasma **GIGANTE** le tendía un papel a Camilo y éste sostenía una pluma entre las patas temblorosas.

—¡Sea lo que sea, **NO LO HAGAS**, Camilo! —gritó Tenebrosa. Luego señaló al fantasma y añadió—: ¡A mí no me engañas, rata de alcantarilla!

—¡Cuidado con lo que dices, roedora vestida de **violeta**! ¡Te recuerdo que soy un fantasma enorme, **TREMENDO** y **MALÍSIMO**! —respondió el espectro, acercándose al grupo con aire amenazador.

Bobo tuvo uno de sus ataques de canguelo.

¡Aaaaargh!

—Te-tenebrosa…, ¿no po-podríamos dejar en paz al señor FANTASMA?

—¡Bobito! —suspiró ella—. ¿Siempre tengo que explicártelo todo? No es un fantasma…

—¿N-no lo es? —tartamudeó Bobo—. ¿Y la SÁ-SÁBANA, los A-AULLIDOS y las SO-SOMBRAS…?

Tenebrosa, muy resuelta, se dirigió hacia un rincón de la sala y apartó una enorme tela blanca.

—¡Aquí está! ¿Qué te había dicho yo?

¡Aquí est

Debajo de la tela estaban escondidos el proyector y el gramófono que habían visto horas antes en el cuarto SECRETO.

Con un simple clic, Tenebrosa los apagó. Las sombras ESPANTOSAS desaparecieron y la música cesó.

—¡Y ahora te toca a ti, fantasma de pacotilla!

Bobo intentó detener a su amiga:

—No e-exageres. ¡Es el **DOBLE** de grande que tú!

Pero Tenebrosa no le hizo caso y levantó rápidamente la sábana que cubría al fantasma.

—¡Fuera la máscara! Mejor dicho… ¡la sábana!

Un rayo de luna ILUMINÓ a un roedor canijo, de color verdoso, que se tambaleaba sobre un par de zancos.

—Queridos amigos, os presento al protagonista de este misterio: ¡RODRIGO ENREDOS!

—¡¿Rodrigo Enredos?! —exclamaron todos a coro.

Ante aquella revelación, Camilo, que se había quedado en un rincón, **ATEMORIZADO**, recobró el valor perdido:

—¡Por el colmillo de mi abuelo vampiro! Tendría que haberme dado cuenta.

—¿Lo conoces? —preguntó Tenebrosa.

—Ya lo creo —respondió Camilo—. Es un malvado, un **CANALLA** que quiere adueñarse del Castillo del Colmillo desde hace años.

—Y lo habría conseguido si no hubiera llegado esta metomentodo —bramó el roedor y movió los ZANCOS hacia delante, con la intención de huir.

—*¡SE ESCAPA!* —gritó Bobo.

En tres pasos, Rodrigo llegó a la puerta, pero cuando estaba a punto de **DESAPARE-CER**, el Abuelo Ratonquenstein se le puso delante.

—¿Adónde crees que vas, ratón **TRAM-POSO**? —gritó, abriendo el BMT.

—Te presento a SERPICUERDA, la monstruita que se convierte en cuerda.

Como un perfecto vaquero, el abuelo hizo girar en el aire un bicho similar a una larga serpiente y lo lanzó hacia Rodrigo. Éste se vio inmovilizado y cayó de los zancos.

—¡Y ahora, querida nieta, explícanoslo todo!

¡Grrrr!

¡Muy bien, Serpicuerda!

TODOS ESPANTOSAMENTE JUNTOS

—Pues es muy sencillo. Tal como nos ha dicho Camilo Sangredulce, Rodrigo Enredos trató *inútilmente* de comprar el Castillo del Colmillo. Pero finalmente, comprendió que la única forma de conseguirlo era **ECHAR** a su propietario.

—¿Y para qué quiere el castillo? —preguntó Bobo.

—Pico Vampiro es el único lugar del valle que siempre está **NEVADO**. El sitio ideal para construir…

—¡Una **ESTACIÓN DE ESQUÍ**!

—exclamó eufórica Escalofriosa, muy satisfecha—. Eso era la *exclusiva estación* de la que hablaba el trozo de papel que encontramos junto al baúl.

—¡Está clarísimo! ¡Las vacaciones en la nieve que anunciaba Rodrigo Enredos! —exclamó Bobo—. ¡A su plan no le faltaba ni el más mínimo DETALLE!

—Sí, ¡tenía hasta COPOS de nieve! —rió el Abuelo Ratonquenstein.

—¡No me lo puedo creer, amigos! ¡Gracias a vosotros, por fin me he librado de los **TOR-MENTOS**! ¡Y eso bien merece un brindis! —propuso Camilo y descorchó una botella de zumo de tomate de la mejor cosecha. Guardaba unas cuantas en secreto, junto a su cama-ataúd, para las grandes ocasiones.

Mientras Camilo Sangredulce y los Tenebrax CÉLEBRABAN el éxito, el pérfido Rodrigo Enredos aprovechó para deshacerse de Serpicuerda y HUIR.

Bobo se dio cuenta:

—Rodrigo está… ¡ESCAPANDO!

Pero los demás no le hicieron caso.

¡Eh! ¡Se e-escapa!

—Deja que se vaya. ¡No va a volver! —rió Escalofriosa, bebiendo un sorbo de **ZUMO**.

Pero Tenebrosa aún tenía una pregunta para el **VAMPIRO**:

—Camilo, cuando hemos llegado estabas a punto de **firmar**. ¡Habrías renunciado para siempre a tu castillo! ¿Tanto **MIEDO** te daba el falso fantasma?

El vampiro, siempre tan pálido, se puso de golpe **ROJO**.

Bueno... yo...

—Bu… bueno… un po-poco… pe-pero… en realidad…

—**Nos lo tienes que contar todo, amigo** —dijo el abuelo.

—Pues… veréis —suspiró el vampiro—. Me gusta mucho vivir en el Castillo del Colmillo, pero… a veces… ¡me siento tan **SOLO**!

Y bajó la cabeza, desconsolado. Por un instante, todos guardaron silencio CONMOVIDOS.

Luego el Abuelo Ratonquenstein exclamó:

—¿Y quién dice que debes quedarte aquí solo? ¡Te regalo mi Baúl de los MONSTRUITOS Tremendos! ¡Ellos te harán compañía!

—Son unos bichos ADORABLES —intervino Escalofriosa—. Seguro que juntos os divertiréis ESPANTOSAMENTE.

—Sí, pero mejor no despertar a las Tragatodo —añadió Bobo en voz baja.

LOS MONSTRUITOS TREMENDOS

Lucilla
LA BICHILLA QUE BRILLA

ESPECIALIDAD: dar luz en cualquier ocasión.

CURIOSIDAD: le da miedo la oscuridad.

TRAGATODO
LAS MONSTRUITAS VORACES

ESPECIALIDAD: devorar madera y tela sin dejar... ni las migas.

CURIOSIDAD: lo único que las aterroriza es ir... ¡al dentista!

CORTATODO
EL MONSTRUITO DENTUDO

ESPECIALIDAD: triturar con los dientes candados y cadenas.

CURIOSIDAD: le encantan los caramelos.

—¿Me vas a dejar a los monstruitos? ¿En serio? —SONRIÓ Camilo—. ¡Voy a ser un vampiro muy feliz!

—¡Pues claro! —respondió el abuelo y le dio un sincero abrazo a su amigo.

Tenebrosa aplaudió:

—VOY A ESCRIBIR UNA HISTORIA... ¡SUPERRATÓNICA! SERÁ UNA NOVELA REALMENTE... ¡ESCALOFRIANTE!

FIN

UN REGALO PERFECTO

El libro de Tenebrosa tuvo en seguida mucho éxito. Para CELEBRARLO, una noche invité a Pandora y a Benjamín a comer una PIZZA casera. También vino mi primo Trampita, que nunca se pierde una COMILONA en buena compañía.

Mientras Benjamín, Pandora y yo preparábamos la masa, Trampita metió el morro en la nevera en busca de los ingredientes para una pizza perfecta.

—¿Qué os parece si le echamos mejillones, salsa al pesto, mayonesa y un chorro de crema de leche?

—¡Nooo! —negué yo con cara de asco.

—¡Que sí! ¡Sólo faltaría un poco de chocolate con guindilla *PICANTE*!

—¡Ni hablar! ¡Eso sí que no! —insistí muy resuelto.

—Pues le añadimos un par de pepinillos.

—A ver… —suspiré—, el secreto de una buena receta es la *sencillez*.

—¡Bien dicho, tío! —intervino Benjamín—. Por ese motivo la REINA de las pizzas es la margarita…

—… que sólo lleva *mozzarella* y salsa de tomate —concluyó Pandora.

—¡*Por mil quesos de bola!* —exclamé, dándome una palmada en la frente—. Ya sabía yo que se me olvidaba algo… ¡el TOMATE!

En ese momento, se abrió la ventana y una silueta oscura entró volando.

Era Nosferatu y llevaba entre las patas una misteriosa botella. Se me acercó al oído y murmuró:

—Aquí tienes una botella de excelente salsa de tomate del Castillo del Colmillo. De parte de TENEBROSA TENEBRAX.

¡Genial! Con su regalo, Tenebrosa salvó nuestra cena.

Las pizzas estaban riquísimas, exceptuando la de Nosferatu, que quiso untarla con un poco de CONFITURA de mosquitos de pantano.

¡Buen provecho!

¡Ñamñamñam!

ÍNDICE

1. Monte del Yeti Pelado
2. Castillo de la Calavera
3. Árbol de la Discordia
4. Palacio Rattenbaum
5. Humo Vertiginoso
6. Puente del Paso Peligroso

7. Villa Shakespeare
8. Pantano Fangoso
9. Carretera del Gigante
10. Lugubria
11. Academia de las Artes del Miedo
12. Estudios de Horrywood

1. Foso lodoso

2. Puente levadizo

3. Portón de entrada

4. Sótano mohoso

5. Portón con vistas al foso

6. Biblioteca polvorienta

7. Dormitorio de los invitados no deseados

8. Sala de las Momias

9. Torreta de vigilancia

10. Escalinata crujiente

11. Salón de banquetes

12. Garaje para los carros fúnebres de época

13. Torre encantada

14. Jardín de plantas carnívoras

15. Cocina fétida

16. Piscina de cocodrilos y pecera de pirañas

17. Habitación de Tenebrosa

18. Torre de las tarántulas

19. Torre de los murciélagos con artilugios antiguos

Geronimo Stilton

**Marca en la casilla correspondiente los títulos
que tienes de todas las colecciones de Geronimo Stilton:**

Colección Geronimo Stilton

- ☐ 1. Mi nombre es Stilton, Geronimo Stilton
- ☐ 2. En busca de la maravilla perdida
- ☐ 3. El misterioso manuscrito de Nostrarratus
- ☐ 4. El castillo de Roca Tacaña
- ☐ 5. Un disparatado viaje a Ratikistán
- ☐ 6. La carrera más loca del mundo
- ☐ 7. La sonrisa de Mona Ratisa
- ☐ 8. El galeón de los gatos piratas
- ☐ 9. ¡Quita esas patas, Caraqueso!
- ☐ 10. El misterio del tesoro desaparecido
- ☐ 11. Cuatro ratones en la Selva Negra
- ☐ 12. El fantasma del metro
- ☐ 13. El amor es como el queso
- ☐ 14. El castillo de Zampachicha Miaumiau
- ☐ 15. ¡Agarraos los bigotes… que llega Ratigoni!
- ☐ 16. Tras la pista del yeti
- ☐ 17. El misterio de la pirámide de queso
- ☐ 18. El secreto de la familia Tenebrax
- ☐ 19. ¿Querías vacaciones, Stilton?
- ☐ 20. Un ratón educado no se tira ratopedos
- ☐ 21. ¿Quién ha raptado a Lánguida?
- ☐ 22. El extraño caso de la Rata Apestosa
- ☐ 23. ¡Tontorratón quien llegue el último!
- ☐ 24. ¡Qué vacaciones tan superratónicas!
- ☐ 25. Halloween… ¡qué miedo!
- ☐ 26. ¡Menudo canguelo en el Kilimanjaro!
- ☐ 27. Cuatro ratones en el Salvaje Oeste

- ☐ 28. Los mejores juegos para tus vacaciones
- ☐ 29. El extraño caso de la noche de Halloween
- ☐ 30. ¡Es Navidad, Stilton!
- ☐ 31. El extraño caso del Calamar Gigante
- ☐ 32. ¡Por mil quesos de bola… he ganado la lotorratón!
- ☐ 33. El misterio del ojo de esmeralda
- ☐ 34. El libro de los juegos de viaje
- ☐ 35. ¡Un superratónico día… de campeonato!
- ☐ 36. El misterioso ladrón de quesos
- ☐ 37. ¡Ya te daré yo karate!
- ☐ 38. Un granizado de moscas para el conde
- ☐ 39. El extraño caso del Volcán Apestoso
- ☐ 40. Salvemos a la ballena blanca
- ☐ 41. La momia sin nombre
- ☐ 42. La isla del tesoro fantasma
- ☐ 43. Agente secreto Cero Cero Ka
- ☐ 44. El valle de los esqueletos gigantes
- ☐ 45. El maratón más loco
- ☐ 46. La excursión a las cataratas del Niágara
- ☐ 47. El misterioso caso de los Juegos Olímpicos
- ☐ 48. El templo del rubí de fuego
- ☐ 49. El extraño caso del tiramisú

Libros especiales

- [ ] En el Reino de la Fantasía
- [ ] Regreso al Reino de la Fantasía
- [ ] Tercer viaje al Reino de la Fantasía
- [ ] Cuarto viaje al Reino de la Fantasía
- [ ] Quinto viaje al Reino de la Fantasía
- [ ] Sexto viaje al Reino de la Fantasía
- [ ] Séptimo viaje al Reino de la Fantasía
- [ ] Viaje en el Tiempo
- [ ] Viaje en el Tiempo 2
- [ ] Viaje en el Tiempo 3
- [ ] La gran invasión de Ratonia
- [ ] El secreto del valor

Grandes historias

- [ ] La isla del tesoro
- [ ] La vuelta al mundo en 80 días
- [ ] Las aventuras de Ulises
- [ ] Mujercitas
- [ ] El libro de la selva
- [ ] Robin Hood
- [ ] La llamada de la Selva

Tenebrosa Tenebrax

- [ ] 1. Trece fantasmas para Tenebrosa
- [ ] 2. El misterio del castillo de la calavera
- [ ] 3. El tesoro del pirata fantasma
- [ ] 4. ¡Salvemos al vampiro!

Superhéroes

- [ ] 1. Los defensores de Muskrat City
- [ ] 2. La invasión de los monstruos gigantes
- [ ] 3. El asalto de los grillotopos
- [ ] 4. Supermetomentodo contra los tres terribles
- [ ] 5. La trampa de los superdinosaurios
- [ ] 6. El misterio del traje amarillo
- [ ] 7. Las abominables Ratas de la Nieves
- [ ] 8. ¡Alarma, fétidos en acción!

Los prehistorratones

- [ ] 1. ¡Quita las zarpas de la piedra de fuego!
- [ ] 2. ¡Vigilad las colas, caen meteoritos!
- [ ] 3. ¡Por mil mamuts, se me congela la cola!

Cómic Geronimo Stilton

- [ ] 1. El descubrimiento de América
- [ ] 2. La estafa del Coliseo
- [ ] 3. El secreto de la Esfinge
- [ ] 4. La era glacial
- [ ] 5. Tras los pasos de Marco Polo
- [ ] 6. ¿Quién ha robado la Mona Lisa?
- [ ] 7. Dinosaurios en acción
- [ ] 8. La extraña máquina de libros
- [ ] 9. ¡Tócala otra vez, Mozart!
- [ ] 10. Stilton en los Juegos Olímpicos
- [ ] 11. El primer samurái
- [ ] 12. El misterio de la Torre Eiffel

Tea Stilton

- [ ] 1. El código del dragón
- [ ] 2. La montaña parlante
- [ ] 3. La ciudad secreta
- [ ] 4. Misterio en París
- [ ] 5. El barco fantasma
- [ ] 6. Aventura en Nueva York
- [ ] 7. El tesoro de hielo
- [ ] 8. Náufragos de las estrellas
- [ ] 9. El secreto del castillo escocés
- [ ] 10. El misterio de la muñeca desaparecida
- [ ] 11. En busca del escarabajo azul
- [ ] 12. La esmeralda del príncipe indio
- [ ] 13. Misterio en el Orient Express

Vida en Ratford

- [ ] 1. Escenas de amor en Ratford
- [ ] 2. El diario secreto de Colette
- [ ] 3. El club de Tea en peligro
- [ ] 4. Reto a paso de danza
- [ ] 5. El proyecto supersecreto
- [ ] 6. Cinco amigas y un musical

QUERIDOS AMIGOS Y AMIGAS ROEDORES, ¡HASTA EL PRÓXIMO LIBRO!